もず野

先野浩二 歌集

青磁社

＊目次

第一章

先野浩二歌集

もず野

第一章

還暦

下草を刈れば斑にこもれびは地ににじむごと
柔らかく差す

還暦を機にはじめたる陶芸の昼の教室主婦ばかりなり

意に適う出来ばえ二つ自らが焼きし茶碗の百品の中

究極の技に黄を帯び透きとおるグラスひとつ
に黙し見入りぬ

筑前煮盛らるる楽《らく》よ自らは茶器とし造りあげ
たるつもり

絶えるなき悩みのゆえに魅かるるや梅花うつぎの純なる白さ

六十段の男厄坂のぼりきて見放くる海は弧をおびて凪ぐ

徳島・薬王寺

航跡

山頂に見下ろす凪の播磨灘天衣なびくがごとき航跡

産卵の鯛集まるはかのあたり沖に白波ひとところ立つ

悶々と終日揉むにまとまりを見せぬ一首になおも拘る

送別の宴に笑いつつ語られる誇張されたるわ
れの功罪

二の日朝市

思うまま事がはこぶの占いの今日の土俵にな
にをのすべし

国にあらずネット・ワークが敵という二十一
世紀最初の戦争

夜ごと寄る書房シャッター閉ざしいて貼られ
しビラに倒産を知る

色褪せし醜聞記事をよみつぎてひたすら受診の順まつ夕べ

盛られたる完熟プラムの香に充ちて団地広場の二の日朝市

高野山

紀ノ川を渡れば山に狭めらる晴、雨、くもり
疾《と》くかわる空

登りきて里より早き宿坊の暖炉に雨のにじむ靴乾す

風神は悪戯ずきよ一夜にて紅葉の森を丸裸にす

雨あがる金剛峯寺《こんごうぶじ》の石庭のしじまつんざく百
舌鳥のひと鳴き

しなやかに弧を描きつつ南天は実を垂らすな
り雨後の石庭

修行僧の運びてきたる膳にのる烏賊の刺身に
似せし蒟蒻

夜の色にうすめられゆく夕焼けを背にアンテ
ナの椋鳥《むく》はうごかず

紅葉せる高野《こうや》の山ゆ九度山へゆるゆる移る綿雲の影

雨後の空

一本が道へとかしぎ直立の大杉つづく三輪の
参道

晩秋の眩しき奈良の雨後の空鳶一羽がゆったりと舞う

見放《みさ》くればたな霧《ぎ》る野辺に浮島のごとき耳成、畝傍、香具山

ランタナ

信号を渡ればつづく公孫樹並木とぎれし思索
つなぎて歩む

人よせぬ神宮寺あと笹むらの積もる芥にさく
ようランタナ

黄昏の色を溶かしてひたひたと安治川《あじかわ》河口に
潮の満ちくる

母のかんばせ

木守り柿雲なき空に色を増す夏より臥せし母の床上げ

四つある病床ひとつ今朝空けり　ナース黙してシーツを外す

介助者を拒む白寿の足運びおのれのみ知るバランス保つ

見舞いくれし人の名を挙げ指を折る母よ小指はすでに亡き人

老人ホームの入所待ち順五百とは五百人の死待つことなりや

化粧受け二十は若く見えるなり享年百歳母の
かんばせ

舗道に跨ぐ

蘇生への力を得んと宙を這うくぬぎ裸木差し
交わす枝

億光年はてへとつづく蒼き空水に映るを舗道
に跨ぐ

悠久の闇にひろがる星雲のごとく珈琲に溶け
ゆくミルク

いかなごの釘煮名人ふるさとにありてそろそろ送りくる頃

すでに亡きうから引き寄せふるさとの廃家にしのぶ春の節《せち》ごと

源流

源流はインドはたまたペルシャか弥勒菩薩の
直き鼻筋

混迷のうつし世のさま怒るごと太子尊像まなこ鋭し

大阪市立美術館　聖徳太子展

縦横に上下にはしる坑道は延べ百里雪の覆うこの地下

生野銀山跡

守らんがための深慮か堀のなき北にみ寺を集めいる城

丹波篠山城

午前五時五十分に鳴きはじむ蟬に合わせるひとひの起動

体温を凌ぐ暑さにあえて飲む白湯の熱さが喉
を落ちゆく

赤ワイン充たすグラスに映りいる道頓堀ゆく
水上バスの灯

落日の緋色よぎりてゆったりと淀の河口を雁
わたりゆく

潮騒

疾くはしる雨雲の海見据えいる口一文字の竜
馬の像は

見上げいる竜馬の像の心音の高鳴りならんど
んど潮騒

蕎麦の実の雑炊いろりに煮えあがる平家落人
部落のやどり

傷口のうずく波動に合わすごと真夜きざみいる秒針の冴え

この星の鼓動なりしかいねがての土佐の宿りに聞く波の音

阿倍野界隈

大いなる榎のねぎわ香華なく松虫塚と刻むいしぶみ

天王寺駅コンコースを練る那智からの虫《むし》垂《たれ》す
がたの観光使節

風にのる蒲公英の穂とわたりゆく阿倍野橋北
横断歩道

ハングルと英字併記の松崎口出でて駅裏ネオン街ゆく

近鉄阿部野橋駅

焼きあがるパンの香のせて地下街のコンコースをば吹き抜ける風

安倍清明神社火曜の予定表タロット占い相談
日とある

駅前の夕べ八月十五日路上ライブに踊る若き
ら

北京好日

静止せるごとき雲上の機に惑うこの旅前世へ
の旅にあらずや

かささぎの空巣を抱くアカシヤの上枝は華北
の風に曝さる

片岸に吹きよせられし柳葉をとざして凍る故
宮掘割

たまさかの出会いに色紙かきくれし書家南柯氏は溥儀帝の甥

六《りゅ》、七《ち》、八《ぱ》、現地ガイドの張さんが捜す九番ただいまトイレ

「手紙」とは落し紙らし北京での三日目ホテルのフロントに知る

黄昏の天安門に老いのひく屋台の窯に焼芋を買う

天壇を前景におき赤き凧霜月すえの空に張りつく

アカシヤの五里は連なる冬木立あわあわと輪郭天と画せり

青年のままの記憶の父よりも二倍は生きて長
城に立つ

西陽さす箭楼を背に逆光の人かげ前世のわれ
かもしれぬ

ラサへでも行けば会えるか星みたす昔むかし
の日本の空に

夕餉おすもじ

北斗ありカシオペアあり中天に形をなして柿は色づく

地震《ない》にあらず国道をゆくトラックの響きをわが家のふすまが拾う

今ひとつ足らぬなにかが一ぷくの煙草で見えて一首まとまる

寺めぐる京への観光バスなかに配られてくる
飴は誰から

麦藁のような体臭のこし過ぐ高校生のジョギ
ングの列

座布団の一枚ほどの網囲いの内に買手を待つ
犬午睡

立てかけし葦簾のなだり登りゆく極月すえの
夕映えの影

群青が浅葱に変わりゆく空に溶かされてゆく
明けの明星

この星の自転は今し見の果ての二上山より陽
を押し上げぬ

海老牛蒡椎茸えんどう卵焼　子や孫の来て夕餉おすもじ

ふるさと

兵庫県人ですねな行の発音で判ると飲屋の亭
主に言わる

平成の合併成果わが生地北淡町《ほくたんちょう》はマップより
消ゆ

焙烙に焼かれし鯛をほぐし食う十年ぶりかふ
るさとの酒

生まれこし世を写しだす同窓会名簿に多し武
の字勝の字

いかなごのくぎ煮があれば菜《さい》いらぬふるさと
淡路の舌いまも生く

いかなごのくぎ煮釜元代がわりせしか去年よ
り生姜味濃し

出征を送りしうから大方は逝き送られし伯父
卒寿こす

夜の空に七色風船飛び交いて電飾神輿いまし宮入り

六甲の影を海より山裾に引き戻しつつ日はいま昇る

酒

赤提灯点る駅裏まっすぐに帰宅出来ない男らがゆく

深みゆく秋の気鬱をことさらに抉《えぐ》りて酒場に
流れる演歌

小ジョッキなれど四杯目ここからの言動すべ
てご勘弁あれ

カラオケのわが歌声に陶酔す深まる秋の夜の
五分間

談笑の輪が四つ五つ古希祝う同期の会に格差
がにおう

地下街のおそきトイレの鏡面に映すようやく
酔いぬけし顔

風を孕ます

違いなく椋鳥の胃を借りてきた菊鉢に生ゆぬ
すびと萩は

一匹を残して四匹の子とともに野良猫は今朝
わが家より消ゆ

翳りこくなりて冷え増す冬枯れのポプラ並木
を陽が沈みゆく

ワイシャツのボタン外してグラウンドを渡る
五月の風を孕ます

千曲川土手

果てしなく市民マラソンの列延びる千曲川土
手さくらま盛り

疎らなる家と家との隙うずめ杏十万本いっせいに咲く

里を埋める杏の花の底にある帰路を目に追う山いただきに

鈍いろの廃屋壁面袈裟がけに搦めてのうぜんかずら満開

坂多き街

二吐二吸息にてリズムとり巡る夕陽が丘は坂多き街

天王寺七坂

家隆卿の墓碑の背《せな》にて行きどまるビルのはざまの狐小路は

二千五年八月土曜四つ橋線不発爆弾撤去で運休

切り立ちし岩に逆さに刻まるる一心寺の文字
斜めに見あぐ

伶人町バイク通りを筋ひとつ上がれば湧水う
まき寺町

ビル街の狭間に音を降らせつつ曇り日雲の中
ゆくセスナ

眼が合って咄嗟に逃げる猫のいて日暮れ口縄
坂ひとの影なし

空手着の少年の列駆けてくる雪の逢坂いしだたみ道

定位置があるかに鳩は発ち戻る睦月み寺の屋根のひだまり

通天閣をまのあたりにする寺庭の筧より落つ
修行場の滝

第二章

紀州街道

鉄砲町、北旅籠町、櫛屋町、名のみ遺してビルの犇《ひしめ》く

土佐烈士十一名の墓石の法名すべて忠ではじまる
妙国寺

特攻隊兵士と通うものが見ゆ土佐の十一烈士の辞世

五十年ぶりの高須ぞあま傘を借りしままなる
菓子屋まだある

古代わが長曾根町は長《なが》髄《すね》と呼ばれしと知る立
読みの書に

行きどまりやたらと多き紀州街道あゆめばまたももとの駄菓子屋

無限大マーク

無限大マークを宙に描きつつ楓五月の風に煽られる

ひた走る少年を越えフェンス越え白球ベンチのわが前に落つ

前世紀末を人類滅亡と載せる書たばね廃品に出す

パソコンに深く潜むを打ち出せり秋艸道人の
艸のひと文字

割込みを許ししベンツのうしろ窓にチワワ大
きく欠伸する見ゆ

草石蚕《ちょろぎ》は長老貴とも書く薄紅の螺《つぶ》ほどの芋祝
膳にのる

好きなだけどうぞとばかりクリームを炭酸水
に浮かすかすかの雲

天人菊

天人菊は特攻花とも言われいる由来うまごに
語る八月

ガイラルディアの和名

空襲の火にかこまれて幾百人身投げし堀ぞ周
遊船ゆく

いく百の空襲被災の霊よどむ堀に一羽のユリ
カモメ浮く

空襲を山に逃れし夜を思う花火見んとし登る
堤に

今にして思えばペルセウス座流星群　空襲避
けし山に見し空

おしなべて老ゆ

通夜の客とだえておぼろ満月の路地をよぎるは猫かいたちか

長患いせずに逝きしは幸いと通夜の人なか囁き聞こゆ

板塀の笠木に座り飼主の刀自の出棺おくりいる三毛

午後八時すでに人影なき小路住む十世帯おし
なべて老ゆ

わが庭にけもの道あり朝なさな躑躅《つつじ》の奥を猫
のぬけゆく

京土産

唐門の其処ここに見る釘かくしの七宝ながしの深き瑠璃色

黄昏の冷えしのびよる仏殿にぎんなん粥のまかないを受く

親鸞の草庵あとの堂に座し籔うつ雨の音にひたりぬ

修学旅行の中学生らと駆けこみて山門軒下に
あまやどりする

傘かしげ雨の御堂を見上げいる外つ国人の若
きカップル

邪思すてて出直せとでも言いたげな御簾が阿
弥陀とわれを遮る

西洞院はなや町路地ひるさがり旅人われを犬
が見ている

振りかえる袋小路の突きあたり柴犬の目がま
だわれを追う

渡月橋出《い》でて渡月橋へと帰りこし二万歩の跡
マップに標す

織られゆく白布のごとく桂川洗堰より水あふれ落つ

がんばって今年も咲いてくれたのか幹の縦割れしるき桜よ

仲間意識が仲間はずれを生むと言う僧のことばを京土産とす

さくら散華

冬統《す》べる神がなごりの声なりや桃咲く夜の風のうなりは

敷藁を頭に被《かず》くチューリップの三百の芽の並
ぶひだまり

精霊のご出座なりやみ社にさくら散華が旋風
に舞う

紫陽花と桔梗咲きいるわが庭にラニーニャ現
象いかに関わる

棚引くは煙にあらず風にのりさくら花びらま
とまりて渡河

磨ガラス色の冠毛球体をいま崩さんか土手の
蒲公英

岩がねにカゼクサ穂をば垂らし生ゆ須磨のや
どりの庭の夕凪

花水木、卯の花、躑躅いちどきに咲きて天地
は今日からが初夏

精霊が顕れそうな寺庭の淀む湿りに咲くよ紫
陽花

ストラップ

横丁の集積場へとゴミ運ぶ平成二十年いまより起動

鶴翼の陣がまえにてカラスらは残飯漁る猫へとせまる

池おおうオニバスの上跳びながらかの浮島に渡れぬものか

ストラップ組み入れ鳩は冬枯れのさくら上枝に巣を営めり

出来立ての空気と思う比良山を駈け下りくる初木枯しは

三日月と金星木星ふゆ空にたまさか笑顔の形に並ぶ

表札は忠士と菊乃そしてポチ　散歩に出《い》でしか全員お留守

海へゆくべし

なにごとも裏目裏目の日のつづく久しく見ざる海へゆくべし

碁盤目のように鳥羽湾一面を隙なく画すあまた筏は

ジャンボ籤求めて男女老いも若きも点字ブロック遮りならぶ

赤帽の列

三つ先の交差点をば帰りくる新一年生の赤帽の列

ゼブラ・ゾーンの白地を踏まずケンケンで下
校のおさな渡る三叉路

雨の日の通園しぶる外孫にわが遺伝子のかた
はしを見る

はじめてのお泊りに来し外孫のお喋りつづく
床に入りても

チャンネルの選択権いま取り戻すうまご寝付
きし土曜夜九時

法円坂

阿弥陀籤たぐるがごとく渋滞のくるまのあわいバイク抜けゆく

息きらし登りこし此処八階ぞ外観たしか五層の天守

大阪城天守

天守閣に見し外国人二の丸にガイドの捜す人にあらずや

堅固なる二重の堀のその外を更にかためるよ
うなビル群

摂河泉のさかい交わる丘の楠三つの国の空に
枝張る

摂河泉は摂津・河内・和泉の略

けだるさを伴い登りゆく坂の果ては黄砂で白き落日

ガラス張りのロビーの床を透かし見る法円坂の地下の遺跡を

睦まじき夫婦とも見ゆ楠二本神の名持ちて寄りそいて立つ

阿倍王子神社

谷町九丁目交差点をば力士ゆくゆるゆるゆるゆると自転車を漕ぎ

対面のビルのガラスの側壁に死角の並木モザイクのごと映ゆ

いくつものビルの隙間を横串に繋ぎて淀の川面はひかる

谷町七丁目交差点への道なかに祟りのうわさ
聞く祠ある

路地奥の納屋の軒下艶もなく石臼ほどの近松
が墓碑

三十度傾斜になべて右に上がる風吹き峠の崖の鑿あと

とりどりの端布につくる座布団をベンチに敷きし山間の駅

鞍馬・貴船

千の蛇這うかの木の根道つづく奥の院へはま
だ何里ある

奥ノ院魔王堂への道しるべ立つ木の根道のぼりゆくべし

貴船川淵の淀みの底砂に山女は影を落とじうごかず

跳びはねる牛若丸を眼うらに顕《た》たせて鞍馬の
木の根道ゆく

真野川の幅そのままに溶け合わぬ雨後の濁り
が湖面にゆらぐ

釣糸を垂らし終日《ひねもす》爺ひとり葦に隠れて背をまるめ座す

布留の杜

神前に立つ身の禊とも思う古代杉より降りくる冷気

苔まとう椚《くぬぎ》の枝にのきしのぶ自生す布留の杜《もり》
の底冷え

身をまるめ布留のやしろの日だまりに東天紅
の雛はまどろむ

月暈

二宮金次郎像と重ねみるリュック背に負い
ゲームする児に

大和路線王寺あたりの車窓《まど》に見る祖父の鎮もる丘の冬枯れ

年の瀬の課題いくつか抱えつつサウナの隅に孤独を囲う

孫折りし紙飛行機が軒下の樋に掛かりしままに年越す

人工の星にあらずや月暈の中へと今しきえし光は

何処へ飛ぶジェット機なりや音もなく点滅光
がオリオンよぎる

永平寺

人あらぬ長き廊下に漏れひびく禅問答の僧の
大声

雪あかりとどく御堂に幾千の位牌めぐらせ閻魔像座す

モノクロの景の極みぞ永平寺七堂伽羅は雪まとい立つ

黒百合の芽立ちに早き那谷寺の苔生は春の雪
淡くのす

出直しに期待もたぬが胎内になぞらえし洞く
ぐりゆくなり

羅漢像ならぶがごとく洞の底大小百余の石筍が立つ

恐竜の体内にいる心地せり鍾乳石垂る下くぐりゆく

うしおが奔る

野も山もさくらまさかり震災より十五年目に
訪う野島岬は

むきだしの活断層跡断面の弛むなだりに咲く
よタンポポ

おさな日の写真と古希のかんばせを比べて君
は今も垂れ目だ

ふるさとを十五で出でて古希につどう君も貴
女も演歌がうまい

孫崎の磯を削ぐかにそと海へ落差二尺のうし
おが奔《はし》る

今しばし見届けたいがバスに乗る側溝より亀
出んと挑むを

木犀はどこ

「心」の字の形にコスモス咲かせいる休耕田
を崖上より見る

鶴首の花器に一本ネコジャラシ活けて窓辺を
飾りいるパブ

去年京の茶席の庭にわが乞いし水引草は根付
き芽生えぬ

母さんの匂いするよと遠足の児らが木犀咲く
道をゆく

山茶花の散華の紅も鮮やかに浮かべて凍る路
の打ち水

櫨の実の房はあたかも瓔珞を思わせ寺のつぼ庭に垂る

ヤブカラシ絡むフェンスの見通しにほどよき距離をとなり家と持つ

刑務所の塀ながながとつづく路かすかに匂う
木犀はどこ

だんじり囃子

妻と吾の会話の切れ目埋めるごと鈴虫が鳴く
猛暑日のひる

大太鼓十基ならべて打ち競う汗にじむ肩はだけ若きら

おさな日の残像なりや宵宮を裸電球ともすラムネ屋

だんじりの太鼓かすかに聞こえくる十五夜月
の空とおくから

出直しが叶うならばと妻の問う可も不可もな
い今が良いのに

ひと垣に隣りしおとめ白杖の柄を叩きいる音
頭に合わせ

宵宮

住吉大社夏の祭礼

欧風に飾る気配のなきが好き煤けし梁がむき
出しのカフェ

軒下に幣そよがせて宵宮の粉浜商店街みな早
じまい

鳳輦に添いすすみゆく黒駒の敵《かな》うものなきた
てがみの艶

神輿まだ着くには早き大和川中州のゆにわユリカモメ翔ぶ

水嵩を危惧する老いに抗いて神輿渡河さす若きらが意地

休憩の武者行列の若きらが配られて飲むポカリスエット

ここ三日見ず

恙無く暮らしているやチリの友二夜つづけて
夢に現る

福音が降ってきそうな今朝の空隅から隅まで
雲ひとつなし

縦横に飛行機雲が五・六本ランプ・ウェーの
ごとく交わる

明日もきて捜してみよう手なずけし公園の猫
ここ三日見ず

右ひだり人目はばかり餌やりを禁じられいる
猫にパンやる

ウォーキング今朝は休まん寒風の唸りに挫け
二度寝むさぼる

宿題の忘れはないかうまごらよカナカナすで
に鳴きはじめたぞ

指点字なるものを知る三重苦担う人との出会いの席に

堺市福祉協議会

湯気のむこうに

目を凝らすかの眉月に見張られて百円硬貨が
道に落ちてる

義捐金箱に一枚紙幣入れ胸のつかえのひとつをおろす

せめてもの免罪符とせん夜さくらの宴のはじめは黙禱とする

椢斗《なゆみ》より鼠を逃す宮古より息子《こ》が無事帰りくるまでの慈悲

炊出しの湯気のむこうに被災せし子等が屈託なき笑顔見す

少しずつ冬をば畳みこむようにカンザキハナナの一番花咲く

ひとまわり大きな影を枯芝に落として雀わがあたま越す

しずしずと今年に幕をおろすかに今日も一枚
喪中の知らせ

黄砂にかすむ

六十階積み上げおえし屋上のクレーン如何なる技で降ろすか

わが家から二里はあらんかより淡く黄砂に霞む「あべのハルカス」

欅並木がつくるトンネル枠にして「あべのハルカス」の遠景を撮る

雑踏にほほ笑み生まる二連式バギーに双子コンコースゆく

爆弾低気圧

風の道知りてか子猫夏まひる石灯籠の火袋に
寝る

地下街に潜りて茶でも啜るべし爆弾低気圧いま通過中

奢りたる人為へ天の戒めかつづく猛暑とゲリラ豪雨は

この星の生き物なのだ二の腕に打ち殺したる
一匹の蚊も

杉花粉、黄砂もろもろ混じり合う花曇りの丘
酒宴たけなわ

華寇とでも名付けるべきや列島へＰＭ２・５
海こえて来る

六十年住みこし街のしがらみを流せとばかり
荒れる雨風

みそぎ後の清しさに似る雷雨去り一変明るき
天が開けり

第三章

葉桜

金泥の絵のなか歩みいるような錯覚よぎる菜の花の里

あわじ花さじき

七十路の身体が明日の雨知らす腰が痛いぞ足が痛いぞ

血圧の変動しるす線グラフ角《つの》ぐむ四月一日は雨

去年よりも衰えおぼゆる足取りで登る愛染坂は葉桜

物忘れしるきを歳の所為にするこの厚顔を提《さ》げて生くべし

率直に喜ぶべきか自覚なき病が精密検査にて
出る

明らかに老いがとりつく自《おの》ずからテレビの音
量上げておりたり

二番手に甘んじ生きてこしゆえか六十九歳友
多くもつ

もず野

竈《くど》六つ並ぶ土間へと斜交《はすか》いに煙出し窓からと
どく秋の陽

ふくろうが棲むの棲まぬの立ち話はずむ夕べ
の楠の木の下

登りこし石段上にかえりみる僅か「く」の字
に曲がる参道

その昔の雨乞いの場とぞ聞きおよぶ百舌鳥野
千年楠のまえ庭
堺・中百舌鳥筒井邸屋敷林

雨乞いの供物ならべし卓とみる楠の根際にす
わる角石

「七十歳の青二才です」こうべ垂れ樹齢千年の楠をおろがむ

台風の去りしもず野の見のはてに銀色十五夜月は残れり

おしなべて背を突き合わす家家のはざま蛇行す百舌鳥川かこれ

星よりも遥かに遠き闇からの使者の呻きか真夜の木枯し

体育館の裏手の椎に彫られいる中二か匿名で
K君が好き

陽の光包みて雫ぽつり又ぽつりと雨後の公孫
樹より落つ

埋門

この果てが埋門《うずみもん》とう本丸の地下道への段足に
まさぐる

和歌山城

先人の知恵解きづらし城壁に埋門をば捜しえずいる

なに故にぬす人萩と名付けらる錦木に添え活けるひと枝

初花のつぼみつけたり植樹して三年目なりト伴椿は

枯葦の見通しの奥ひだまりにマガモ、ヨシガモ巣籠るが見ゆ

さあ起きろ起きろとばかり雀らが一月四日の
朝を囀る

新年会さなかに一首ひらめきて箸袋のうら
そっとメモする

雲あいの陽をにじませてにわか雪宮に詣でる
人波に降る

斑鳩の鳴く

落水の音籠らせて十間はあらんか古井の底の
暗闇

魔物でも閉ざしいるのか牛ほどの一枚岩に井
戸は蓋さる

堺市堺区土居川公園内　農人町井

風つよき真昼の路地を転げゆく麦藁帽子を柴
犬が追う

このみつき葬《はぶり》が六つもつづきたり内四ほとけ
吾より若し

天界のしらべか比いなき音色たな霧る渓に斑
鳩の鳴く

願わくば奈良里山に斑鳩の鳴くを聞きつつ終
迎えたし

カワセミ

冬枯れの楓枝さき一点に視野を絞りてカワセミを待つ

堺・大泉公園

川岸の朽ちし木杭に青玉を思わす羽根をひらくカワセミ

冬枯れの木立めぐらす淵の面をカワセミ青きその羽根で打つ

一分も経ずして去りしカワセミの残像二月の
曇天に追う

反り橋のまなかに覗く池の面のわが影に寄る
真鯉緋鯉ら

わが家の古井も載せて町内の防災マップが配
られて来し

あべのハルカス

全方向赤信号でからっぽの交差点内あげは蝶
舞う

瘡蓋のごとく地表にへばりつく甍見下ろす六十階から

めかくしの鬼さながらに頂を雨雲が覆う「あべのハルカス」

竦む足手すりに支え眺めいるビル六十階から
の大阪

奈落とは如何なるところ六十階下の雑踏見お
ろしており

均等に切り分けられたかどうなのか西瓜ひと
玉九人にて食う

それなりの納まりがつく長寿会寄り合い談義
ぶれにぶれても

告知

お迎えの備えはよいか背《せな》を押す後期高齢者と
いう語彙の裏側

いかずちが脳天を打つ医者からの一言「あなたは腎臓がんです」

彼の世でもこの世でもない全身麻酔に眠らされいし空の四時間

病床の萎えたる足に躓くは病院出口のマットの段差

冥土への入口見たる思いせり全身麻酔が覚めて思うに

手術台に寝ている吾を天井に見ている影もも
しかして吾

七十路のいのちが挑む分水嶺わが腎臓の切除
はじまる

午前二時の国道よぎる男いて病院五階の窓に
目で追う

回復

二十日余のベッドくらしに萎えし足駅まで今日は一気に延ばす

病む部屋のあかり障子に映りいる窓外椿にあそぶ鳥影

デパートの売場くまなくめぐりつつ雨のひとひの万歩を満たす

右臀を切除せし身の違和感を晴らさんと行く
カラオケ喫茶

おさなが眠る

米はある味噌醤油もある猛寒波くるらしお籠
り準備万全

うぐいすの初鳴きを聞く新聞の占いわれが吉
とある朝

木の芽たつ山逆さまに映しいる谷間の池を渡
るささなき

絶え間なく五月の風が吹き抜ける居間のソ
ファーにおさなが眠る

台風が三つ

ロータリーのまん真ん中に枝を張るさくら老
木この春も咲く

全身にさくら吹雪がまといつくあたかも禊強いられしごと

菜《さい》一品得した気分にさせくれる湯呑に浮かぶ桜ひとひら

今日ひとひ孤独とペア夜桜をコンビニ弁当食
いながら観る

術後半年腰の傷あとうずくなり間違いなくこ
れ雨の予兆ぞ

週末の遠出よていに水を差す南方洋上台風が
三つ

朱の鳥居千が連なる石段をさくら散華を浴び
つつのぼる

残光

雨しるき高速道路事故現場夜陰より音降らせ
ヘリ飛ぶ

ビルひとつ崩されて開《あ》く西の空に残光にじむ
雲のたなびく

すでに亡き何人かの友思いつつ七十五歳の誕
生日を病む

スーパーのごみ庫に積まれいるバナナまさしく今が食べ頃の色

風とまり蟬も静まる球場にプレー開始のサイレンが鳴る

雲ひとつなき青空に染まりゆく半透明のまひるまの月

金色の瓔珞さがるかに見えて山門うちそと公孫樹もみじす

跋

ナイーブな感性

藤川弘子

下草を刈れば斑にこもれびは地ににじむごと柔らかく差す
パソコンに深く潜むを打ち出せり秋艸道人の艸のひと文字
ストラップ組み入れ鳩は冬枯れのさくら上枝に巣を営めり
ひと垣に降りしおとめ白杖の柄を叩きいる音頭に合わせ
新年会さなかに一首ひらめきて箸袋のうらそっとメモする

先野浩二さんの歌を読むと、ナイーブな感性をもつ人の歌だと感じる。一首目は巻頭の歌。〈下草〉は木陰に生えている草のことだが、おそらく、自宅の庭木の下の草を刈っている時、〈こもれび〉が、斑に柔らかく差すさまが、地ににじむように見えたのであろう。繊細で、植物に対するこまやかな愛情が伝わってくる。〈こもれび〉のかな表記もやさしい。二首目の秋艸道人は會津八一のことだが、〈パソコンに深く潜むを打ち出せり〉というところに、さまざまに操作して、その一文字が出て来たときのよろこびが表れている。三首目、ストラップは携帯電話などに付ける吊り紐。落し物でも見付けたのか、木の枝に組み入れて巣作りをする鳩の姿に、作者の心寄せが伝わる。四首目、だんじり囃子の一連の中にあるので、祭りを見物する〈ひと垣〉に隣り合ったおとめとわかる。気が付くと、そのおとめは〈白杖の柄を叩〉いていた。目が不自由らしいが、だんじり囃子の音頭に合わせて白杖の柄を叩いている姿に心を打たれたのであろう。淡々と詠まれているが作者のやさしい気持が出ている。〈指点字なるものを知る三重苦担う人との出会いの席に〉という歌もあり、その思いは深い。五首目、新年会の時にふとひらめいた一首を、とっさに近くにある箸袋のうらにメモしたという、いかにもほほえましい歌である。どの歌にも人間性の豊かさ、あたたかさが伝わる。

むきだしの活断層跡断面の弛むなだりに咲くよタンポポ
平成の合併成果わが生地北淡町《ほくたんちょう》はマップより消ゆ
兵庫県人ですねな行の発音で判ると飲屋の亭主に言わる
いかなごの釘煮名人ふるさとにありてそろそろ送りくる頃
いかなごのくぎ煮があれば菜《さい》いらぬふるさと淡路の舌いまも生く

先野さんのふるさとは淡路島という。一、二首目は、平成七年の阪神・淡路大震災の震源地の北淡町を詠む。約百四十メートルの野島断層を当時のままの状態で展示する「震災記念公園」のある北淡町がマップより消えるという歌は重い。〈淡路の野島の崎の浜風に妹が結びし紐吹きかへす　柿本人麻呂〉の万葉歌でも知られる野島の地である。三首目は飲屋の亭主に〈兵庫県人ですね〉と言われて驚くと、〈な行の発音で判る〉と言われたという。人間関係も思われて味わいのある歌である。四、五首目の〈いかなごの釘煮〉はこの地方の春の特産、その釘煮の名人がふるさとにいて、そろそろ送ってくる頃とそわそわしながら待っている。目の前にそのくぎ煮を置いて、もう、これさえあれば他の菜《さい》はいらないという、作者にとって至福の時が訪れる。

近鉄阿部野橋駅

風にのる蒲公英の穂とわたりゆく阿倍野橋北横断歩道
ハングルと英字併記の松崎口出でて駅裏ネオン街ゆく
安倍清明神社火曜の予定表タロット占い相談日とある
瘡蓋のごとく地表にへばりつく甍見下ろす六十階から
奈落とは如何なるところ六十階下の雑踏見おろしており

もしかすると、この歌集のなかで、もっとも精彩を放っているのは、先野さんが、通学に、通勤にと四十五年近く乗換駅として利用して来たという、JR天王寺駅とその周辺の歌ではないだろうか。天王寺、阿倍野界隈は、先野さんの蘊蓄によると、阿倍野区、阿倍野橋、阿倍野筋とほとんどが「倍」であるのに、その阿倍野区に、「阿部野神社」、近鉄「阿部野橋駅」と「部」を用いた「あべの」があるそうだ。一首目は横断歩道を〈蒲公英の穂と〉わたりゆく詩情ゆたかな世界、二首目は、国際色豊かな〈松崎口〉が目に浮かんでくる。三首目は〈安倍〉を用いてある。他にも、後鳥羽院や定家が熊野詣をした熊野街道の〈阿倍王子神社〉あり、天王寺七坂の口縄坂には織田作之助の文学碑がある。最近では、日本一のビル〈あべのハルカス〉が偉容を誇り益々の賑いを見せている。この界隈をゆくときの先野さんは好奇心いっぱいで、好奇心旺盛もまた、先野さんの特性といえる。

その昔の雨乞いの場とぞ聞きおよぶ百舌鳥野千年楠のまえ庭

堺・中百舌鳥筒井邸屋敷林

土佐烈士十一名の墓石の法名すべて忠ではじまる

妙国寺

空襲の火にかこまれて幾百人身投げし堀ぞ周遊船ゆく
古代わが長曾根町は長髄《ながすね》と呼ばれしと知る立読みの書に
わが家の古井も載せて町内の防災マップが配られて来し

一首目、集名となった百舌鳥野は『日本書紀』に出てくるという。堺に住んで六十年になる先野さんは、堺も実によく歩いている。二首目、森鷗外の『堺事件』で有名になった妙国寺、また、三首目は空襲で火に追われた人々が身を投げた、その堀を周遊船がゆく。四首目、住所の長曾根町の由来にかかわる歌など、興味は尽きない。最後に〈わが家の古井〉が、町内の防災マップに載せて配られて来たという現実にかえった所でひとまず措く。

あとがきによると先野さんは、二十三歳のとき職場にあった短歌サークルに参加したのが短歌との出会いだったという。

最初の指導者は矢倉年先生、吉井勇のたった一人の弟子で、書林新甲鳥（「鴨」を分離した吉井勇の提案）を設立。富安風生、中村汀女、高野素十、高浜虚子、石田波郷、飯田龍太などの句集を出版している。二人目の指導者は松山ちよ先生、奈良女高師で小倉遊亀と同期だった。「秋篠寺小誌」に〈伎芸天寒きしじまの夕にすら匂ひこぼれて立たせ給へり〉の一首が、會津八一、川田順、吉野秀雄に続いて印刷されている。最後にかかわったのは私であるが、時代の流れとともに、五十二年続いた早春歌会も昨春幕を閉じた。

この歌集が一人でも多くの読者を得られることをひそかに願っている。

平成二十八年四月二十二日

あとがき

平成十一年から二十八年までの作品から自選で三百三十九首をもって歌集『もず野』を編むこととした。定年退職してから現在までの作品でその殆んどが所属歌誌「水甕」に発表した作品からの抽出でいささか独善的色彩が濃く出ている傾向があるかもしれないが兎にも角にも喜寿を迎えることもあり、二十三歳（昭和三十七年）で気まぐれに社内短歌サークルに参加してから五十年、この間企業内でその時その時の業績の浮沈等に振り回わされ、熱中したり、中断したり、起伏を繰り返しながら短歌とご縁を繋いできたがここら辺りが一つの節目と考え上梓を決意した。

学生時代は応用化学を専攻し、家電会社での技術職を生業としてきた身にすればどこで迷子なったのかの疑問はあるが、長きにわたり継続できた事は自分の気持ちに添うものがあったと考える。

更に短歌に倦怠感を持ち始めた平成七年、阪神淡路大震災があり、ふるさと北淡町が被災、思い出にある景色が一変したその衝撃の中で自然と自分の歌についての姿勢も「出直し」というか大きく変化したことを覚えている。そして第二の「出直し」が定年退職。ゼロスタートで水甕に入会し、現在に至っている。

さて、堺市は私にとって人生八割の生活拠点の場であり、生地の淡路市室津とは又違った思いのある場所である。最近、市役所の最上階二十一階のラウンジからこの町全体を眺めることが度々ある。全面ガラス張りのラウンジから、特に南東方向を見るとたいして高い建物のない住宅街に浮立つようにこんもりとしたいくつかの原生林が目に入る。所謂、世界遺産への登録が云々されている百舌鳥古墳群で仁徳、履中、反正天皇陵と五十近い古墳が点在し、特に仁徳天皇陵と履中天皇陵は大仙公園を挟んで繋がっており一層広く大きく見える。

これらの墳墓の大方は住宅地の中に点在するが、時としてタヌキやアライグマが出たりで、大凡大都市内では考えにくい生態系を今も遺す貴重な場でもある。更に、大気汚染からくる地球の温暖化と言う切り口から考えても、これらの広大な緑地は汚染空気の浄化効果が大きいと推測され、地域の肺機能を担っていると言っても過言ではない。因みに、この辺り一帯を『日本書紀』では「百舌鳥野」と記している。

思い起こせば私は昭和四十三年五月からこの百舌鳥野に隣接する現住所に住んでいるが、六十歳ぐらいまでの生活行動の範囲からは確かに係りの薄い地域であった。しかし緑地保全など環境問題が社会問題として取り沙汰される状況にあって、自然とこの地域に興味を持つようになった。四季の移ろいの中で見せる森の色どりの変化や名も知らない鳥たちの囀りなど、目や耳からの刺激で心の潤いを知らず知らず享受していることの有難さに気づかなかったことへの反省もあり、当歌集名を『もず野』とすることにした。

文末ですが短歌と言う道へ導いて戴いた故矢倉年先生、故松山ちよ先生に感謝申し上げますと共に、藤川弘子先生には定年を挟み三十年近くの永きにわたりご指導を賜り、更に刊行にあたってご多忙の中、跋文を戴き、貴重なご助言を頂戴するなど何からなにまで言葉で言い尽くせぬほどお世話になり感謝している。また水甕社には叢書に加えて戴き身に余る光栄と喜んでいる。更に水甕の諸先生はじめ歌友の皆皆様、ご縁を戴いた方々には御礼を兼ねて、今後とも宜しくご指導下さいます様お願いする。

文末ながら刊行にあたり種々お世話戴きました青磁社の永田淳様、スタッフの皆様に厚く御礼申し上げます。

平成二十八年四月十二日

先野　浩二

水甕叢書第八八二篇

歌集　もず野

初版発行日　二〇一六年七月二十一日

著　者　先野浩二
堺市北区長曾根町六九九（〒五九一－八〇二五）

定　価　二五〇〇円

発行者　永田　淳

発行所　青磁社
京都市北区上賀茂豊田町四〇－一（〒六〇三－八〇四五）
電話　〇七五－七〇五－二八三八
振替　〇〇九四〇－二－一二四二二四
http://www3.osk.3web.ne.jp/~seijisya/

装　幀　上野かおる

印刷・製本　創栄図書印刷

ISBN978-4-86198-352-8 C0092 ¥2500E